AF381341

# Analyse de l'œuvre

Par Chloé De Smet et Lucile Lhoste

# Soumission

de Michel Houellebecq

# Rendez-vous sur lepetitlitteraire.fr et découvrez :

Plus de 1200 analyses
Claires et synthétiques
Téléchargeables en 30 secondes
À imprimer chez soi

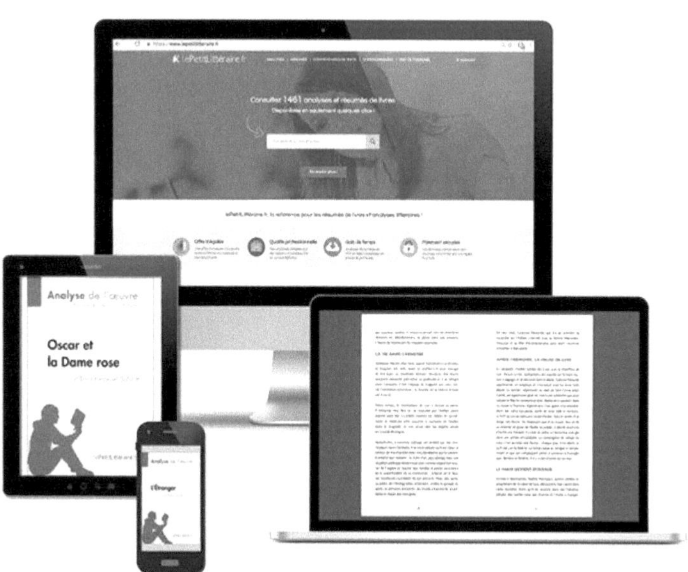

# MICHEL HOUELLEBECQ — 9

# *SOUMISSION* — 13

# RÉSUMÉ — 17

Le Parti de la Fraternité musulmane au pouvoir
Nouvelle voie, nouvelle vie
Un grand bouleversement politique

# ÉTUDES DES PERSONNAGES — 25

François
Myriam
Robert Rédiger

# CLÉS DE LECTURE — 33

Un roman d'anticipation
Une quête désespérée vers le bonheur
Le cynisme « à la Houellebecq »

# PISTES DE RÉFLEXION — 55

# POUR ALLER PLUS LOIN — 59

# MICHEL HOUELLEBECQ

## ÉCRIVAIN, POÈTE ET ESSAYISTE FRANÇAIS

- **Né en 1956 à la Réunion (France)**
- **Quelques-unes de ses œuvres :**
  - *Les Particules élémentaires* (1998), roman
  - *La Possibilité d'une île* (2005), roman
  - *La Carte et le Territoire* (2010), roman

Écrivain français mondialement connu et lauréat du prix Goncourt en 2010 pour son roman *La Carte et le Territoire*, Michel Houellebecq, de son vrai nom Michel Thomas, est un intellectuel et un artiste. Du roman à la poésie, de la chanson à la mise en scène, de la comédie à la photographie, c'est un homme aux multiples compétences.

Largement respecté dans le milieu littéraire pour son grand talent et ses œuvres empreintes de cynisme, il est également considéré comme le roi de la polémique en raison de ses propos injurieux envers l'islam. Houellebecq est un personnage atypique et provocateur qui, s'il plait à certains et déplait à d'autres, fait partie intégrante du paysage littéraire contemporain.

# *SOUMISSION*

## UN ROMAN POLÉMIQUE

- **Genre :** roman d'anticipation politique et sociale
- **Édition de référence :** *Soumission*, Paris, Flammarion, 2015, 226 p.
- **1ʳᵉ édition :** 2015
- **Thématiques :** politique, religion, société, sexualité, solitude, frustration, bonheur

Publié à la même période que les attentats terroristes contre le journal *Charlie Hebdo* (7 janvier 2015), *Soumission* est un roman d'anticipation politique et sociale. Dans une France fictive de 2022, François, personnage solitaire à la vie terne et professeur d'université, voit son monde basculer lorsqu'accède au pouvoir un parti musulman.

Dans un style limpide, Houellebecq livre dans ce roman un récit dans lequel la religion occupe le premier plan et où s'entremêlent fiction et allusions à la réalité. Dès sa parution, *Soumission* explose les records de vente en France et dans toute l'Europe. Il crée néanmoins une polémique, car certains l'accusent d'alimenter l'islamophobie.

# RÉSUMÉ

Dans son roman, Michel Houellebecq imagine une France où le Front républicain (alliance de partis de gauche et de droite pour contrer une victoire du Front national [parti d'extrême droite considéré par ses pairs comme dangereux pour la République]) permet à un parti musulman d'arriver au pouvoir. Le protagoniste principal, citoyen français parmi tant d'autres, est stupéfait devant ce changement qui entraine la perte de son travail et de sa maitresse. Cette élection engendrera-t-elle finalement le cataclysme annoncé ?

## LE PARTI DE LA FRATERNITÉ MUSULMANE AU POUVOIR

Au printemps 2022, dans un contexte politique particulièrement tendu, le Parti de la Fraternité musulmane dame le pion aux grands partis traditionnels et effectue une percée au premier tour des élections présidentielles françaises. En effet, le premier tour est remporté par le

Front national, dirigé par Marine Le Pen (femme politique française, née en 1968), suivi par le Parti socialiste, mené par Manuel Valls (homme politique français, né en 1962) et de très près par le Parti de la Fraternité musulmane.

Dès lors, le deuxième tour apparait comme décisif. Et de fait, contre toute attente, les partis traditionnels sociaux-démocrates s'unissent au parti musulman régi par Mohammed Ben Abbes en vue de contrer le FN (Front national). Les résultats des élections tombent une semaine plus tard : le Parti de la Fraternité musulmane s'empare du pouvoir. C'est la chute de la social-démocratie, la fin de la République et le début de l'islamisation de la France.

François, professeur de littérature à l'université Paris-Sorbonne et spécialiste d'Huysmans (écrivain français, 1848-1907), commence à s'inquiéter de ce climat sociopolitique très tendu. Bien que sa vie soit morne et sans grand intérêt, il prête attention aux futures élections présidentielles dont l'issue s'avère très improbable.

# NOUVELLE VOIE, NOUVELLE VIE

Le professeur s'interroge sur les conséquences que ce changement de régime aura sur lui, sa carrière et sa vie amoureuse. Dans son entourage, les rumeurs vont bon train et François prend conscience que rien ne sera jamais plus tout à fait comme avant. De fait, François se voit remercié du jour au lendemain, car la Sorbonne devient une université islamique. Myriam, l'une des étudiantes juives et amante occasionnelle de François, est contrainte de quitter le territoire français pour rejoindre Israël afin de suivre ses parents terrifiés par l'avenir de la France. Dès lors, le professeur, déjà solitaire et pessimiste de nature, se retrouve plus seul que jamais, sans travail, sans but, et avec pour seuls réconforts l'alcool et une pension offerte par l'université islamique.

Entretemps, François apprend le décès de son père avec qui il avait perdu tout contact depuis des années. Cette nouvelle, qui ne l'affecte pas particulièrement, l'oblige néanmoins à se rendre dans la demeure familiale pour rencontrer la nouvelle compagne de son père et discuter de son héritage. Il reçoit donc une grande partie des biens et de la fortune paternelle. Bien qu'il n'ait désormais plus aucun souci financier, sa solitude et son inactivité l'accablent au plus haut point. Pour combler son manque tant sentimental que professionnel, François décide de s'offrir la compagnie de callgirls. Malheureusement, il n'éprouve aucun plaisir au contact de ces différentes femmes.

En quête de sens, et surtout pour lutter contre l'ennui, François choisit de quitter Paris. À la fois pour fuir sa vie actuelle et pour réfléchir à sa situation, il se rend d'abord dans un petit village du Lot (France) et poursuit ensuite son voyage solitaire à Rocamadour (Lot), lieu de pèlerinage pour les chrétiens durant le Moyen Âge. Cette quête spirituelle ne lui apporte finalement pas grand-chose de positif, aussi cherche-t-il toujours un but à sa vie.

De retour à Paris, on propose à François de superviser une édition de la Pléiade et d'écrire une préface sur Huysmans. Se sentant enfin désiré, et honoré du prestige d'écrire pour une telle institution, l'ancien professeur accepte ce nouveau défi intellectuel. Par ailleurs, Robert Rédiger, le nouveau président des universités, lui propose de réintégrer le poste d'enseignant au sein de l'université Paris-Sorbonne, nouvellement privatisée et islamisée. François entrevoit ainsi une nouvelle voie, une nouvelle vie probablement remplie d'épouses et de mariages arrangés comme le conçoit l'islam. Tout bien considéré, il a trouvé une forme de bonheur, et ce, sans aucun regret.

## UN GRAND BOULEVERSEMENT POLITIQUE

Avant les élections, la société française faisait face à une escalade de violence entre les immigrés musulmans et les autochtones. En effet, une guerre civile était à deux doigts d'éclater face à l'arrivée massive des mahométans et à la montée des extrémismes. La tension était vive et le chaos s'installait dans les villes, le tout relayé par les politiques. De fait, le Parti des Indigènes européens refusait cette colonisation islamique et entendait préparer une véritable lutte armée.

Mais très vite, le Parti de la Fraternité musulmane impose ses premières mesures. Outre l'obligation des dames de rester à la maison, de porter des pantalons ou d'être voilées, le nouveau gouvernement amène également d'autres mutations telles que la polygamie. Les hommes peuvent à présent avoir plusieurs épouses (parfois jusqu'à six) et les relations sexuelles avec des mineures sont désormais autorisées. Avec Mohammed Ben Abbes comme président et François Bayrou (homme politique français, né en 1951) comme premier ministre, force est de constater que les mesures du nouveau gouvernement portent leurs fruits : diminution de la délinquance, diminution du taux de chômage, etc.

Seuls les musulmans ou les convertis peuvent désormais enseigner dans une université islamique (bien entendu, les femmes sont directement écartées). C'est pour cette raison que François, d'abord réticent après la proposition de travail faite par Rédiger, doit se convertir à l'islam s'il veut réintégrer la Sorbonne. Convaincu, semble-t-il, du bienfondé et de l'intérêt de ce changement de religion, il prononce l'attestation de foi *shahada*, d'autant plus que la polygamie et le mariage arrangé présentent certains avantages lorsqu'on est professeur à l'université.

Grâce à la rédaction d'une préface pour la Pléiade et à sa récente conversion, François acquiert une certaine notoriété auprès de ses collègues : au sein du milieu universitaire, il est devenu une relation à ne pas négliger. Tout compte fait, il a trouvé dans l'islam une autre manière de vivre, dans laquelle il s'épanouit mieux qu'auparavant.

# ÉTUDES DES PERSONNAGES

## FRANÇOIS

François, le narrateur du roman, est professeur d'université à la Sorbonne et spécialiste d'Huysmans. Il a rédigé une thèse de doctorat pendant sept longues années sur cet écrivain français de la fin du XIXe siècle qu'il admire profondément : « Cela aurait pu être mon ami » (p. 17), dit-il. Au fur et à mesure de la lecture, on prend conscience que le quadragénaire parisien et Huysmans partagent de nombreux points communs : solitude, pessimisme, provocation, critique du monde contemporain perçu comme décadent, conversion de religion, etc. Finalement, au travers du personnage principal, le lecteur découvre la personnalité d'Huysmans et la richesse de ses œuvres.

# Joris Karl Huysmans

Charles Marie Georges Huysmans a adopté le prénom Joris-Karl pour sa carrière littéraire. D'abord inscrit dans le courant naturaliste, il rompt avec celui-ci pour s'inscrire dans le décadentisme avec son roman *À rebours* (1884) qui mêle le pessimisme de la fin du siècle et le cynisme de l'auteur. Également critique d'art et de littérature, il participe à faire connaitre l'impressionnisme (mouvement pictural du XIX$^e$ siècle), le symbolisme (mouvement artistique du XIX$^e$ siècle) et la littérature moderne dans son ensemble.

Également très marqué par la religion chrétienne, Huysmans explore durant sa carrière des thématiques religieuses dans ses œuvres. Il s'implique lui-même beaucoup puisqu'il passe par plusieurs monastères et envisage de devenir oblat (laïc participant à un ordre monastique sans avoir prononcé ses vœux) à Saint-Martin de Ligugé (France), désir qui n'est empêché que par la dissolution de l'ordre qu'il voulait intégrer. Il s'est en tout cas converti au catholicisme.

Depuis de nombreuses années, François n'a plus de contact avec ses parents, il vit seul et ne compte que très peu d'amis. De nature pessimiste, il perçoit la fin des études et particulièrement de sa thèse comme la fin de sa jeunesse et presque tout simplement de sa vie. L'avenir lui parait terne et morne : « Je ne m'attendais pas à avoir une fin de vie heureuse, il n'y avait aucune raison que je sois épargné par le deuil, l'infirmité et la souffrance. » (p. 57) Puisqu'il ne désire pas intégrer le monde professionnel, il choisit plutôt de devenir maitre conférencier à la Sorbonne alors qu'il n'a aucune prédisposition pour le métier d'enseignant.

Dès lors, sa vie se poursuit péniblement au sein du milieu universitaire. Son unique consolation est le contact privilégié qu'il entretient avec ses étudiantes. François a en effet des relations avec ses élèves et passe ses soirées à regarder des vidéos pornographiques sur la Toile. Parmi ses conquêtes, une jeune femme a particulièrement retenu son attention : Myriam. Étudiante en lettres, elle est amoureuse de son professeur et lui procure beaucoup de plaisir. Malgré le bienêtre qu'il ressent durant les moments passés en compagnie de son étudiante, François n'y est pas véritablement attaché et n'entreprendra rien pour l'empêcher de fuir en Israël.

Il est perçu par Myriam comme un macho à la personnalité paradoxale. D'un côté, il est érudit et raffiné, alors que de l'autre, il perçoit la femme comme inférieure et prône un retour au régime patriarcal. Enfin, son rapport à l'alcool est ambigu : que ce soit pour noyer son ennui ou pour se valoriser, François boit toujours jusqu'à ressentir un sévère mal de crâne.

Vers la fin du roman, il semble avoir trouvé un sens à son existence grâce à sa conversion ainsi qu'à son nouvel emploi de professeur au sein de l'université islamisée. Même ses problèmes relationnels et sexuels semblent s'envoler puisque l'islam autorise les mariages arrangés ainsi que la polygamie. Quoi qu'il en soit, François est un homme solitaire, détaché, à la limite de l'obscénité, et on hésite, en tant que lecteur, à éprouver de la révulsion ou de la pitié pour ce personnage romanesque.

# MYRIAM

Myriam est une jeune étudiante en lettres modernes âgée de 22 ans. Issue d'une famille juive, elle est intelligente et sure d'elle. Dernière conquête de François avant sa conversion à l'islam, celui-ci la décrit comme « une jeune femme plutôt classe avec ses cheveux noirs coupés au carré, sa peau très blanche, ses yeux sombres ; classe mais sobrement sexy » (p. 30).

Leur relation dure depuis quelques mois mais reste inconstante, car elle est interrompue par des ruptures régulières. Ressentant plus qu'une simple attirance physique pour son professeur, Myriam en tombe amoureuse, mais ne se l'explique pas. Elle déteste en effet de nombreux aspects de la personnalité de ce dernier, dont le côté macho et désabusé. Son exil provoqué par les tensions sociales et politiques françaises l'oblige à renoncer à cet amour paradoxal. Elle refera sa vie quelques mois plus tard en Israël et en informera François par le biais d'un e-mail.

# ROBERT RÉDIGER

Avec l'accession au pouvoir du Parti de la Fraternité musulmane, Robert Rédiger est nommé président des universités. Cet ancien professeur est un homme talentueux et ambitieux. Il éprouve une grande admiration pour François qu'il considère comme un éminent intellectuel, en raison de sa brillante thèse rédigée sur Huysmans.

Dans la dernière partie de l'ouvrage, Rédiger propose à son collègue de récupérer le poste d'enseignant au sein de l'université nouvellement islamisée. Pour le convaincre, il use de ses talents d'orateur et le flatte sur tous les plans, au point que François ne pourra qu'accepter sa proposition. Tout en conservant son poste de directeur, Rédiger est également nommé secrétaire d'État aux universités, poste créé à l'occasion du remaniement ministériel.

# CLÉS DE LECTURE

## UN ROMAN D'ANTICIPATION

Soumission peut être placé dans la catégorie des romans dits d'anticipation, car il imagine notre monde dans un avenir plus ou moins proche. Le roman d'anticipation a par ailleurs pour caractéristique d'être crédible. Ainsi, l'enjeu consiste à ancrer le récit dans le réel afin d'y projeter au mieux le lecteur.

Par la lecture de ce texte, on comprend rapidement que Houellebecq use de cette approche en y mêlant fiction – l'islam s'empare du pouvoir – et allusions à la réalité – mentions de personnages médiatiques français tels que François Hollande (homme d'État français, né en 1954), Marine Le Pen, François Bayrou, David Pujadas (journaliste français, né en 1964), Jean-François Copé (homme politique français, né en 1964), Lionel Jospin (homme d'État français, né en 1937), etc. Située dans la France de 2015, de plus en plus marquée par l'immigration et les déboires politiques (démission du gouvernement, chômage,

précarité, progression du FN, échec des forma-
tions centristes, etc.), l'histoire que nous conte
Houellebecq n'a presque rien d'une fiction.

Souvent, le roman d'anticipation développe
également une critique de la société qui lui est
contemporaine. Ainsi, le récit de Houellebecq
peut également être considéré comme une
satire de la politique française actuelle ainsi
que comme une analyse mordante des mœurs
de notre temps. De fait, à l'heure où la France
est en proie à une véritable crise sociopolitique,
*Soumission* apparait comme une critique rail-
leuse et clairvoyante de l'Hexagone.

## Une critique politique

L'auteur plonge le lecteur dans une France
« d'après Hollande », au moment où se déroulent
des élections mouvementées et où règne un
chaos sans précédent.

**L'ACTUALITÉ POLITIQUE FRANÇAISE
EN 2015**

Débutée en 2012, la présidence de François
Hollande a conduit à plusieurs lois impor-

tantes (notamment celle autorisant le mariage homosexuel, promulguée en 2013), mais les difficultés éprouvées à restaurer un climat sociétal et économique rassurant ont souvent suscité des critiques jusque dans le propre camp du président.

L'inversion de la courbe du chômage (en hausse depuis des années), promesse de François Hollande, ne sera jamais vraiment atteinte. Malheureux hasard, la police de proximité est officiellement supprimée le 1er janvier 2015, soit six jours à peine avant les premiers attentats de 2015 et la publication de *Soumission*. Les interventions militaires au Mali et en Syrie dans les années 2013 et 2014 sont également pointées du doigt, certains estimant qu'elles ont poussé les djihadistes à agir en France.

Au contraire, le Front national de Marine Le Pen, lui, grimpe dans les sondages. Surfant sur les échecs de la présidence de Hollande, favorisé par la stratégie de dédiabolisation mise en place par Marine Le Pen, le parti obtient de bons succès aux élections municipales et législatives, et parvient même à entrer au Sénat en 2014. Au début de l'année 2015, le FN peut par

conséquent s'enorgueillir de quelques succès de choix. Sur le long terme, un scénario
tel qu'envisagé par Houellebecq n'est donc
pas si improbable qu'on pourrait le croire.

En employant subtilement l'ironie, l'auteur souligne l'aveuglement – voire l'étroitesse d'esprit – de certains hauts dirigeants. Que ce soit au travers d'allusions implicites (« L'idée me traversa même un instant l'esprit que l'homme de gauche se réveillait en lui, puis je me raisonnai : l'homme de gauche était profondément endormi, et aucun événement [...] n'aurait été en mesure de le sortir de son sommeil », p. 23), ou par le biais d'attaques explicites (« La presse internationale, médusée, avait pu assister à ce spectacle honteux, mais arithmétiquement inéluctable, de la réélection d'un président de gauche dans un pays de plus en plus ouvertement à droite », p. 39), François Hollande et sa politique sont vivement critiqués.

À cela s'ajoutent des moqueries et des blâmes envers le parti d'extrême droite dirigé par Marine Le Pen. En effet, le FN est ici présenté comme un « mouvement identitaire » (p. 45) marqué par

« l'antisémitisme embarrassant de son leader »
(*ibid.*).

Par ailleurs, deux ans après la publication de
*Soumission* se produit un scénario très proche de
ce qui est relaté dans le roman, auquel personne
n'aurait pensé un an auparavant. Aussi ce que
Houellebecq a anticipé s'est-il réellement passé :
le personnage de Mohammed Ben Abbes fait
étrangement penser, sur certains points précis,
au président français Emmanuel Macron (né en
1977).

En mai 2017, le quasi-inconnu Emmanuel Macron,
ministre de l'économie pendant deux ans sous
le quinquennat Hollande, entraine son parti En
Marche ! dans la course à la présidentielle. Ce
tout jeune candidat (il n'a que 38 ans quand il
annonce sa candidature à l'élection) surprend
par sa volonté et son dynamisme, apportant à
la politique un vent de fraicheur qui lui attire de
nombreux soutiens à la fois parmi ses pairs et la
population. Sans doute aussi aidé par le Front
républicain, il remporte l'élection au second tour
face à son adversaire Marine Le Pen.

Comme Ben Abbes (qui a 43 ans dans l'histoire), Macron est donc un président jeune. Les deux hommes ont également en commun leur popularité nouvelle et leur victoire grâce à un Front républicain, aux dépens des partis traditionnels qui y perdent des plumes. S'ensuivent une confortable majorité à l'Assemblée nationale après les élections législatives et une cote de popularité qui perdure quelque temps. François Bayrou est même un homme important dans les deux cas : soutien de Macron pendant la campagne, il devient son garde des Sceaux et ministre de la justice, bien qu'il y renonce au bout d'un mois.

En ce qui concerne le programme politique, Ben Abbes et Macron entretiennent également de troublantes ressemblances. Chacun adopte des mesures favorables aux entreprises, parfois au détriment des salariés : Ben Abbes favorise les autoentrepreneurs, tandis que Macron est très critiqué sur son idée de réformer le code du travail par ordonnances et est pointé du doigt pour ses accointances avec les grandes entreprises et les patrons.

Les deux présidents sont aussi très liés à l'Europe. Après avoir remporté une victoire de rang face aux nationalismes, les voilà chacun en train de vouloir créer un ordre nouveau, où chaque individu aurait théoriquement la possibilité de trouver une forme de bonheur. Si cette éventualité est finalement envisageable pour François, le héros de *Soumission*, ce n'est cependant pas encore évident côté Macron. Certaines franges de la population voient encore difficilement comment elles pourront s'en sortir et le FN, même amputé de certaines de ses figures, jouit toujours d'une forte popularité.

## Une critique sociale

Les modes de vie actuels ainsi que la vacuité de notre société d'hyperconsommation sont également soumis aux sarcasmes de l'auteur. Dépossédé de ses valeurs les plus importantes, le monde ne peut plus se reposer que sur ses ressources matérielles, ses habitudes de consommation modernes pourtant plus insipides. L'ironie de Houellebecq se retrouve notamment dans ses descriptions acerbes du monde contemporain se complaisant dans un confort ludique :

> « Les plats pour micro-ondes, fiables dans leur insipidité, mais à l'emballage coloré et joyeux,

representaient quand même un vrai progrès [...] ; aucune malveillance ne pouvait s'y lire, et l'impression de participer à une expérience collective décevante, mais égalitaire, pouvait ouvrir le chemin d'une résignation partielle. » (p. 25)

De plus, l'écrivain s'attaque aussi au libéralisme propre à la civilisation occidentale, en faisant une analyse lucide et clinique. Ainsi, selon lui, la doctrine politique individualiste et matérialiste aurait détruit la société traditionnelle. Les fondements de la France sont ainsi remis en question (le travail, l'éducation, la famille, la religion, etc.) et la République telle qu'on la connait ne semble plus avoir de raison d'exister.

Houellebecq aborde également dans son ouvrage la religion islamique et ses extrêmes en imaginant une situation inédite dans laquelle l'islam s'emparerait du pouvoir : polygamie, mariages arrangés, infériorité de la femme, fin de l'athéisme, dédoublement des enseignements scolaires (en réalité prétexte à couler les écoles publiques au profit des écoles musulmanes), suprématie du peuple musulman, etc.

Suite à la victoire de Ben Abbes aux élections, on s'attend à des bouleversements, voire à l'anarchie. Pourtant, force est de constater que ce nouveau gouvernement a réussi son pari. En apaisant les tensions et en ramenant l'ordre dans la société, la religion islamique apparait comme salvatrice et bienfaitrice.

Pour Rédiger, l'islam est amené à dominer le monde tant sur le plan politique que religieux. Il considère d'ailleurs comme inférieures les croyances, telles que le christianisme ou le bouddhisme. Il fait l'éloge de cette religion dans cet extrait : « Voyez-vous, poursuivit-il, l'islam accepte le monde, et il l'accepte dans son intégralité, il accepte le monde tel quel [...] Pour l'islam au contraire la création divine est parfaite, c'est un chef-d'œuvre absolu. Qu'est-ce que le Coran au fond, sinon un immense poème mystique de louange ? » (p. 198)

## L'ISLAM

L'islam est une religion monothéiste apparue au VIIe siècle via le prophète Mahomet. Il fonctionne sur la base de cinq piliers communs à toutes ses subdivisions :

- la foi unique en Allah, dieu de l'islam, et de son prophète ;
- la prière cinq fois par jour ;
- le jeûne pendant le ramadan ;
- l'aumône pour les nécessiteux ;
- le pèlerinage.

La spiritualité et l'accomplissement de bonnes actions sont deux conditions indispensables pour se définir comme croyant musulman.

Certaines nuances sont à apporter quant aux situations imposées par l'islam au pouvoir dans *Soumission*. La polygamie est par exemple finalement peu appliquée dans le monde musulman, car le Coran attribue une certaine importance au respect des épouses qui freine les unions multiples, en particulier si les femmes y sont opposées (elles peuvent par exemple divorcer si leur époux prend une autre épouse sans leur accord). À ce titre, la femme a une place plus importante que ce qui est habituellement cru par la population, même si certains propos du Coran sont toujours sujets à débats aujourd'hui.

Houellebecq dessine en fait dans *Soumission* le portrait d'un islam simpliste et caricatural (la polygamie est suggérée à l'homme et la burqa imposée à la femme).

Ainsi, à la fois très proche et trop loin de la France actuelle, Houellebecq nous propose un ouvrage vicieux et dérangeant, car il remet en doute nos croyances et nos certitudes. Bien plus, c'est un roman d'anticipation qui trouble, car il dépeint brillamment les processus à l'œuvre dans l'inconscient collectif.

## UNE QUÊTE DÉSESPÉRÉE VERS LE BONHEUR

Les propos de Robert Rédiger concernant la soumission apportent un éclairage quant au sens du titre de l'œuvre : « C'est la soumission, dit doucement Rédiger. L'idée renversante et simple, jamais exprimée auparavant avec cette force, que le sommet du bonheur humain réside dans la soumission la plus absolue […]. » (p. 194)

Le terme « soumission » peut être compris comme la soumission de l'homme à Dieu au sein de la religion islamique, mais également comme celle de la femme à l'homme. En allant plus loin, c'est même la soumission de toute une société à un gouvernement qui semble être mise en exergue. Selon le président des universités, au sein de l'islam, cette capacité que possède l'homme à se soumettre à Dieu est une source d'épanouissement incontestable.

Dès lors, à travers les paroles de Rédiger, Houellebecq induit une réflexion sur le bonheur terrestre et sur les rapports étroits vécus entre l'homme et sa religion. Quelle que soit la religion, il y a « soumission » au sens où l'homme est censé s'abandonner à son dieu, à sa volonté et ses coutumes. Ses aspirations en tant qu'individu, si elles sont contraires à ses principes religieux, passent après les règles divines – du moins s'il est fervent croyant. Il n'est bien sûr pas question de se soumettre à Dieu contre sa volonté : c'est au contraire s'il a choisi cette soumission, s'il suit les principes religieux en toute liberté, que l'homme peut trouver sa place et son bonheur. C'est donc parce qu'il a choisi de se soumettre à l'islam que François peut s'y épanouir comme tout un chacun.

À la fin de l'œuvre, François accepte de se convertir à l'islam et par conséquent de changer de mode de vie. Comment peut-on comprendre cette conversion ? Est-ce de l'opportunisme ou une tentative désespérée ? Au regard de la personnalité de François, les deux motifs peuvent se justifier. En corrélation avec le désespoir, la notion de « déréliction » peut également être utilisée pour expliquer ce changement de religion. Ce sentiment d'abandon et de solitude morale est effectivement caractéristique du tempérament de François.

Trop longtemps seul et privé d'affection, il s'est construit un monde dont il est l'unique protagoniste. En quête de nourriture spirituelle, il s'est d'abord tourné vers Huysmans, puis vers les monastères et autres lieux de culte. Malheureusement, ces derniers voyages ne lui fourniront pas les réponses tant attendues. Sa poursuite du bonheur semble vaine jusqu'au jour où Rédiger lui ouvre à nouveau les portes de l'université. Ainsi, le professeur semble avoir trouvé une forme de félicité dans sa « soumission » à l'islam.

# LE CYNISME « À LA HOUELLEBECQ »

## Un récit cynique

Houellebecq n'en est pas à son coup d'essai avec *Soumission* : son style, tantôt absent, tantôt rapproché de registres plus littéraires, est assez inclassable. Il sait qu'il ne plait pas à tout le monde et n'hésite pas à en jouer avec des discours cyniques et provocateurs dont il sait qu'ils feront réagir, à l'instar de sa comparaison entre le nazisme et la montée de l'islam en Occident (« Un tel aveuglement n'avait rien d'historiquement inédit : on aurait pu retrouver le même chez les intellectuels, politiciens et journalistes des années 1930, unanimement persuadés qu'Hitler [homme d'État allemand, 1889-1945] "finirait par revenir à la raison" », p. 194).

Le cynisme de Houellebecq s'étend aussi parfois à des personnes en particulier, guère épargnées par la provocation. Ainsi, l'auteur dit à propos de Bayrou :

> « Ce qui est extraordinaire chez Bayrou, ce qui le rend irremplaçable, poursuivit Tanneur avec enthousiasme, c'est qu'il est parfaitement stu-

Houellebecq renvoie ici à des critiques déjà émises à l'encontre de cet homme politique. Le texte est brut et incisif, dépourvu de toute fioriture. La réponse de François Bayrou ne se fait pas attendre : il n'apprécie le livre ni sur le plan littéraire ni sur le plan politique, et n'y voit qu'une opération commerciale.

L'ironie peut tout à fait être légère (« Je ne connaissais à vrai dire à peu près rien du Sud-Ouest, sinon que c'est une région où l'on mange du confit de canard ; et le confit de canard me paraissait peu compatible avec la guerre civile. Enfin, je pouvais me tromper », p. 126) mais aussi, souvent, se teinter de gravité et devenir glaciale. Ainsi ceux qui commentent l'entre-deux-tours des élections présidentielles décrivent-ils déjà avec une lucidité ahurissante comment le programme de Ben Abbes en matière d'enseignement va détruire toute forme d'enseignement public.

À côté de ceux qui votent pour le Parti de la Fraternité uniquement pour pouvoir épouser plusieurs femmes, on trouve des partis qui n'hésitent pas à risquer un pouvoir islamique par volonté absolue de contrer le FN. Le cynisme ne se ressent donc finalement pas tant dans le style sinon dans les comportements décrits.

Le sujet sensible du roman et la liberté de ton de l'auteur créeront une polémique dès avant la sortie de *Soumission*. Michel Houellebecq doit s'expliquer dans les médias pour éclairer les visées de son livre, là où tous pointent du doigt le traitement de l'islam et de la politique, et le ton cynique et désinvolte pour certains. Mais l'œuvre est piratée 15 jours avant sa sortie, est critiquée de tous les côtés, et sa sortie coïncide de façon malheureuse avec les attentats de *Charlie Hebdo*, suivis par celui de Montrouge le lendemain et celui de l'Hyper Cacher de la Porte de Vincennes le surlendemain. Face à ces tragiques évènements, l'auteur décide d'annuler la promotion de *Soumission* et doit vivre sous protection policière après avoir reçu des menaces de mort.

## Les critiques attribuées à l'auteur

La dimension polémique de *Soumission* tient aussi au fait que les critiques négatives sont loin d'être unanimes (en tout cas en France) : certains admirent la verve de Houellebecq, d'autres détestent le roman. Même au sein d'une même revue, les réactions sont diverses : dans le numéro de *Charlie Hebdo* du 7 janvier 2015, le dessin de couverture se moque des prédictions de l'auteur, tandis que la critique de Bernard Maris (économiste, romancier et journaliste français, 1946-2015) est plutôt favorable.

Parmi les critiques positives des journaux, on peut distinguer celle de *Télérama* qui salue surtout l'aspect critique, qualifié de satirique, « captant [...] une anxiété diffuse de la modernité et de notre temps, dont il dresse le constat avec une efficacité, une absence de nostalgie confondantes » (Crom N., « *Soumission*, de Michel Houellebecq : une satire politique efficace et hautement dérangeante », in *Télérama*).

Emmanuel Carrère (écrivain, scénariste et réalisateur français, né en 1957) va plus loin en élevant l'aspect dystopique de l'œuvre au rang des grands pontes que sont *1984* (1949) de George Orwell (écrivain et journaliste anglais, 1903-1950) et *Le Meilleur des mondes* (1931) d'Aldous Huxley (écrivain anglais, 1894-1963). Le journal *20 Minutes* souligne aussi que le livre a bénéficié de très bonnes critiques en Allemagne, où Houellebecq a une réputation bien meilleure qu'en France, ce qui a sans doute aussi contribué à y faire le succès de *Soumission*.

Côté politique, les réactions sont très contrastées. Si le président Hollande n'a pas souhaité se prononcer sur les qualités littéraires du livre, préférant adresser un message d'espoir plutôt que de soumission, ce n'est pas le cas de toute la frange politique. D'aucuns ont peur du message véhiculé vis-à-vis de l'islam et estiment que *Soumission* encourage la xénophobie et l'amalgame. D'autres encore préfèrent rester prudents et estiment qu'aborder ce type de sujet est intéressant, mais ne se prononcent pas sur le fond.

L'une des principales intéressées, Marine Le Pen, privilégie quant à elle ses cibles habituelles en faisant remarquer que la description des comportements de l'Union du mouvement populaire et du Parti socialiste correspond à ce qu'elle constate elle-même à ce moment-là. Mais la politique étant aussi une question d'image, peu attaquent frontalement *Soumission* de peur de faire polémique à leur tour.

Pour trouver des critiques virulentes, il faut essentiellement chercher du côté des médias et des confrères écrivains de Michel Houellebecq. La plupart des critiques se cristallisent néanmoins sur le fond, à savoir la manière dont sont abordés la politique, la société et l'islam. Le fait que *Soumission* démocratise ainsi l'islam au pouvoir, en France qui plus est, où plusieurs attentats terroristes liés à l'islam ont eu lieu depuis ce fameux 7 janvier 2015, fait peur.

Qu'un grand écrivain – tous s'accordent toujours plus ou moins sur la question – s'attaque tout à coup à un problème aussi brulant en proposant une vision du futur finalement acceptable pour les personnages, qu'elle puisse être comprise comme telle par un lecteur, voilà qui est de nature à déstabiliser le paysage littéraire. Car ce n'est finalement pas tant le livre qui effraie, mais le fait que ce que Houellebecq y décrit puisse peut-être un jour se réaliser.

Mais le propos du livre a-t-il réellement été compris par la critique française ? Tous n'en sont pas sûrs. Publiée durant une période sombre, l'œuvre a été comprise comme une propagande xénophobe et anti-islamique. Mais est-ce réellement le cas ? Acerbe vis-à-vis de l'état de la société française, Houellebecq a sans doute surtout voulu exposer une république sur le déclin, prête à accepter toute possibilité de renouveau.

> « Les Européens ont fait un pari sur l'histoire : plus l'homme est libre, plus il sera heureux. Pour Michel Houellebecq, le pari a été perdu. Le continent est ainsi à la dérive et pourrait succomber à la vieille tentation, se soumettre à qui parle au nom de Dieu » (LILLA M., cité par MATHIEU G., « La France n'a pas bien compris le *Soumission* de Houellebecq, estime la presse américaine », in *Télérama*).

Cela aurait pu être autre chose, mais c'est l'islam qui a été choisi par l'auteur pour cet exemple. Cet autre chose pourrait d'ailleurs être la présidence Macron, dont le contexte d'émergence est très ressemblant à ce que décrit Houellebecq. Cela pourrait aussi être tout changement d'importance en rupture avec un modèle précédent. Ces dernières critiques touchent donc sans doute plus juste que ce qui a été dit en France, réattribuant à *Soumission* son idée de départ : celle de dépeindre une société française qui se perd et pourrait accepter n'importe quoi pourvu de retrouver un semblant d'ordre.

En écrivant *Soumission*, Houellebecq a cherché à interpeler le public français quant à l'état précaire de la société dans laquelle il vit. Les thèmes de la politique et de l'islam, dont l'exploration reste délicate – surtout avec un ton aussi cynique que celui de l'auteur –, ont suscité la polémique, beaucoup accusant l'écrivain de présenter la soumission à l'islam comme solution potentielle. Houellebecq a ainsi atteint son objectif : le livre fait débat dans de nombreux cercles, tant vis-à-vis de l'islam en France que par rapport aux problématiques sociétales évoquées, d'autant plus que l'issue de ces questionnements est toujours incertaine à ce jour.

# PISTES DE RÉFLEXION

## QUELQUES QUESTIONS POUR APPROFONDIR SA RÉFLEXION...

- En quoi le personnage de François peut-il être considéré comme un antihéros ? Développez des arguments à l'aide d'exemples du livre.
- À votre avis, François est-il responsable de sa situation désespérée ? Excepté la conversion, quelle(s) autre(s) possibilité(s) aurait-il pu avoir ?
- Tout au long du roman, François évoque Joris-Karl Huysmans. Comment justifiez-vous l'omniprésence de cet écrivain ?
- En quoi peut-on affirmer que François atteint une forme de bonheur dans l'islam, alors qu'il n'est pas croyant ?
- Le récit débute par un éloge de la littérature. À votre avis, quel est le sens de cette déclaration ?
- « Si l'islam n'est pas politique, il n'est rien. » (p. 168) Selon Rédiger, l'islam est amené à dominer le monde. Quel est votre avis sur la question ?

- Dans le roman, Houellebecq mêle étroitement sexualité et religion. À votre avis, en favorisant cette approche, quel était son objectif ?
- Dès sa parution, *Soumission* a été accusé d'alimenter l'islamophobie. Quel est votre avis sur la question ?
- Le roman imagine la fin de l'athéisme et de l'humanisme. Dans le contexte actuel, en quoi *Soumission* peut-il être considéré comme un roman d'anticipation ?
- « Cette Europe qui était le sommet de la civilisation humaine s'est bel et bien suicidée, en l'espace de quelques décennies. » (p. 192) Quel(s) lien(s) pouvez-vous imaginer entre les thématiques de ce roman et l'avenir de l'Europe ?

Votre avis nous intéresse !
Laissez un commentaire sur le site de votre
librairie en ligne
et partagez vos coups de cœur sur les réseaux
sociaux !

# POUR ALLER PLUS LOIN

## ÉDITION DE RÉFÉRENCE

- Houellebecq M., *Soumission*, Paris, Flammarion, 2015.

## ÉTUDES DE RÉFÉRENCE

- Aubron H., « Michel Houellebecq : Extension de domaine », in *Le Magazine Littéraire*, septembre 2014.

- Crom N., « *Soumission*, de Michel Houellebecq : une satire politique efficace et hautement dérangeante », in *Télérama*, le 7 janvier 2015, consulté le 01 décembre 2017. http://www.telerama.fr/livre/ ecoutez-un-extrait-de-soumission-de-michel-houellebecq-lu-par-fabienne-bussaglia,121179.php

- Duchatelet C., Henric J. et Millet C., *Michel Houellebecq*, Paris, Imec, coll. « Les grands entretiens d'art press », 2013.

- Laurent C., « Muray, Houellebecq, les trouble-fête », in *Le Magazine Littéraire*, mars 2014.

- Lilla M., cité par Mathieu G., « La France n'a pas bien compris le *Soumission* de Houellebecq, estime la presse américaine », in *Télérama*, le

21 octobre 2015, consulté le 01 décembre 2017. http://www.telerama.fr/livre/la-france-n-a-pas-bien-compris-le-soumission-de-houellebecq-estime-la-presse-americaine,133142.php

- PROLONGEAU H., « La bombe Houellebecq », in *Le Magazine Littéraire*, janvier 2015.

- Site internet de Michel Houellebecq. http://www.houellebecq.info

## SUR LEPETITLITTÉRAIRE.FR

- Fiche de lecture sur *La Carte et le Territoire* de Michel Houellebecq.

# Retrouvez notre offre complète sur lePetitLittéraire.fr

- des fiches de lectures
- des commentaires littéraires
- des questionnaires de lecture
- des résumés

---

**ANOUILH**
- Antigone

**AUSTEN**
- Orgueil et Préjugés

**BALZAC**
- Eugénie Grandet
- Le Père Goriot
- Illusions perdues

**BARJAVEL**
- La Nuit des temps

**BEAUMARCHAIS**
- Le Mariage de Figaro

**BECKETT**
- En attendant Godot

**BRETON**
- Nadja

**CAMUS**
- La Peste
- Les Justes
- L'Étranger

**CARRÈRE**
- Limonov

**CÉLINE**
- Voyage au bout de la nuit

**CERVANTÈS**
- Don Quichotte de la Manche

**CHATEAUBRIAND**
- Mémoires d'outre-tombe

**CHODERLOS DE LACLOS**
- Les Liaisons dangereuses

**CHRÉTIEN DE TROYES**
- Yvain ou le Chevalier au lion

**CHRISTIE**
- Dix Petits Nègres

**CLAUDEL**
- La Petite Fille de Monsieur Linh
- Le Rapport de Brodeck

**COELHO**
- L'Alchimiste

**CONAN DOYLE**
- Le Chien des Baskerville

**DAI SIJIE**
- Balzac et la Petite Tailleuse chinoise

**DE GAULLE**
- Mémoires de guerre III. Le Salut. 1944-1946

**DE VIGAN**
- No et moi

**DICKER**
- La Vérité sur l'affaire Harry Quebert

**DIDEROT**
- Supplément au Voyage de Bougainville

**DUMAS**
- Les Trois
  Mousquetaires

**ÉNARD**
- Parlez-leur
  de batailles,
  de rois et
  d'éléphants

**FERRARI**
- Le Sermon sur la
  chute de Rome

**FLAUBERT**
- Madame Bovary

**FRANK**
- Journal
  d'Anne Frank

**FRED VARGAS**
- Pars vite et
  reviens tard

**GARY**
- La Vie devant soi

**GAUDÉ**
- La Mort du
  roi Tsongor
- Le Soleil des
  Scorta

**GAUTIER**
- La Morte
  amoureuse
- Le Capitaine
  Fracasse

**GAVALDA**
- 35 kilos d'espoir

**GIDE**
- Les
  Faux-Monnayeurs

**GIONO**
- Le Grand
  Troupeau
- Le Hussard
  sur le toit

**GIRAUDOUX**
- La guerre de
  Troie
  n'aura pas lieu

**GOLDING**
- Sa Majesté des
  Mouches

**GRIMBERT**
- Un secret

**HEMINGWAY**
- Le Vieil Homme
  et la Mer

**HESSEL**
- Indignez-vous !

**HOMÈRE**
- L'Odyssée

**HUGO**
- Le Dernier Jour
  d'un condamné
- Les Misérables
- Notre-Dame
  de Paris

**HUXLEY**
- Le Meilleur
  des mondes

**IONESCO**
- Rhinocéros
- La Cantatrice
  chauve

**JARY**
- Ubu roi

**JENNI**
- L'Art français
  de la guerre

**JOFFO**
- Un sac de billes

**KAFKA**
- La Métamorphose

**KEROUAC**
- Sur la route

**KESSEL**
- Le Lion

**LARSSON**
- Millenium 1. Les
  hommes qui
  n'aimaient pas
  les femmes

**LE CLÉZIO**
- Mondo

**LEVI**
- Si c'est un
  homme

**LEVY**
- Et si c'était vrai…

**MAALOUF**
- Léon l'Africain

**MALRAUX**
- La Condition humaine

**MARIVAUX**
- La Double Inconstance
- Le Jeu de l'amour et du hasard

**MARTINEZ**
- Du domaine des murmures

**MAUPASSANT**
- Boule de suif
- Le Horla
- Une vie

**MAURIAC**
- Le Nœud de vipères

**MAURIAC**
- Le Sagouin

**MÉRIMÉE**
- Tamango
- Colomba

**MERLE**
- La mort est mon métier

**MOLIÈRE**
- Le Misanthrope
- L'Avare
- Le Bourgeois gentilhomme

**MONTAIGNE**
- Essais

**MORPURGO**
- Le Roi Arthur

**MUSSET**
- Lorenzaccio

**MUSSO**
- Que serais-je sans toi ?

**NOTHOMB**
- Stupeur et Tremblements

**ORWELL**
- La Ferme des animaux
- 1984

**PAGNOL**
- La Gloire de mon père

**PANCOL**
- Les Yeux jaunes des crocodiles

**PASCAL**
- Pensées

**PENNAC**
- Au bonheur des ogres

**POE**
- La Chute de la maison Usher

**PROUST**
- Du côté de chez Swann

**QUENEAU**
- Zazie dans le métro

**QUIGNARD**
- Tous les matins du monde

**RABELAIS**
- Gargantua

**RACINE**
- Andromaque
- Britannicus
- Phèdre

**ROUSSEAU**
- Confessions

**ROSTAND**
- Cyrano de Bergerac

**ROWLING**
- Harry Potter à l'école des sorciers

**SAINT-EXUPÉRY**
- Le Petit Prince
- Vol de nuit

**SARTRE**
- Huis clos
- La Nausée
- Les Mouches

**SCHLINK**
- Le Liseur

**SCHMITT**
- La Part de l'autre
- Oscar et la
  Dame rose

**SEPULVEDA**
- Le Vieux qui
  lisait des romans
  d'amour

**SHAKESPEARE**
- Roméo et Juliette

**SIMENON**
- Le Chien jaune

**STEEMAN**
- L'Assassin
  habite au 21

**STEINBECK**
- Des souris et
  des hommes

**STENDHAL**
- Le Rouge et
  le Noir

**STEVENSON**
- L'Île au trésor

**SÜSKIND**
- Le Parfum

**TOLSTOÏ**
- Anna Karénine

**TOURNIER**
- Vendredi ou
  la Vie sauvage

**TOUSSAINT**
- Fuir

**UHLMAN**
- L'Ami retrouvé

**VERNE**
- Le Tour
  du monde
  en 80 jours
- Vingt mille
  lieues sous
  les mers
- Voyage au
  centre de
  la terre

**VIAN**
- L'Écume des jours

**VOLTAIRE**
- Candide

**WELLS**
- La Guerre des
  mondes

**YOURCENAR**
- Mémoires
  d'Hadrien

**ZOLA**
- Au bonheur
  des dames
- L'Assommoir
- Germinal

**ZWEIG**
- Le Joueur
  d'échecs

ISBN version numérique : 978-2-8080-0764-1
ISBN version papier : 978-2-8080-0765-8
Dépôt légal : D/2017/12603/960

Avec la collaboration de Lucile Lhoste pour les encadrés sur « Joris Karl Huysmans » et « L'islam » ainsi que pour les chapitres « Une critique politique » et « Le cynisme "à la Houellebeck" ».

Conception numérique : Primento,
le partenaire numérique des éditeurs.

Ce titre a été réalisé avec le soutien de la Fédération Wallonie-Bruxelles, Service général des Lettres et du Livre.